Basados en hechos de la vida real
Dos cuentos cortos

Alberto Rivera Zamora

Reservados todos los derechos. No se permite la reproducción total o parcial de esta obra, ni su incorporación a un sistema informático, ni su transmisión en cualquier forma o por cualquier medio (electrónico, mecánico, fotocopia, grabación u otros) sin autorización previa y por escrito de los titulares del copyright, excepto breves citas y con la fuente identificada correctamente.. La infracción de dichos derechos puede constituir un delito contra la propiedad intelectual.

El contenido de esta obra es responsabilidad del autor y no refleja necesariamente las opiniones de la casa editora. Todos los textos e imágenes fueron proporcionados por el autor, quien es el único responsable por los derechos de los mismos.

Publicado por Ibukku, LLC
www.ibukku.com
Diseño de portada: Ángel Flores Guerra Bistrain
Diseño y maquetación: Diana Patricia González Juárez
Copyright © 2023 Alberto Rivera Zamora
ISBN Paperback: 978-1-68574-608-7
ISBN Hardcover: 978-1-68574-610-0
ISBN eBook: 978-1-68574-609-4

Índice

INTRODUCCIÓN	5
PANDEMIA	
(O LA ALEGRÍA DE SONREÍR)	9
EN SENTIDO LITERAL	11
EL INICIO	12
EL CONTAGIO	15
TODO NORMAL	17
UN PROBLEMA	19
CADA VEZ PEOR	21
LA SOLUCIÓN	23
TODO BAJO CONTROL	26
TRÁGICO FIN	28
UNA CONSPIRACIÓN	
SUPERIORIDAD ESPECIÁTICA	29
DURMIENDO EN TACAJÓ	31
UNA NUEVA SITUACIÓN Y TODO IGUAL	34
EL BANQUILLO DE LOS ACUSADOS	39
MATAR CUCARACHOS	45
¿QUÉ ME ESTÁ HACIENDO EL "IAPS"?	49
NO SABEN CON QUIÉN SE METIERON	55
SIEMPRE NOS HAN DOMINADO	59
¡SOMOS SOLO GANADO!	63
ATISBOS DE ESPERANZA	66
DIOS NOS HA HECHO SUPERIORES	68
LA ARMONÍA "INTERESPECIÁTICA"	71
GRACIAS A DIOS, SOLO UN SUEÑO (?)	77

INTRODUCCIÓN

El título no requiere ser totalmente objetivo, desde luego, porque se trata de dos cuentos cortos. Sin embargo, es cierto, los dos están basados en "HECHOS DE LA VIDA REAL". Esto no quiere decir que haga la crónica de una historia a pie juntillas. De hecho, es una crítica a las novelas o películas que lo afirman intentando convencer al auditorio de que lo descrito, por más sorprendente que sea, es verdad.

Puedo afirmar esto, pues surgieron en dos momentos diferentes de mi actividad evangelizadora como misionero, el primero durante los años que pasé en la selva amazónica de Perú, y el segundo en el período de mi misión en la isla de Cuba.

El primero ("Pandemia"), que originalmente titulé "Sin Cuarentena", nació una tarde del mes de julio de 1998. Todavía hoy me sorprende la manera en que ocurrió. Me senté ante una antigua máquina de escribir Remington mecánica que estaba en la casa parroquial de Pevas a las márgenes del Amazonas. Eran aproximadamente las cinco y no paré hasta ya cerca de las doce de la noche, hora en que concluí todo el relato. Evidentemente, tenía toda clase de fallas y errores, pero la trama era clara y completa. De hecho, experimenté una increíble emoción y una inmensa satisfacción cuando terminé. Quizá, es lo que se siente al dar a luz al primogénito.

El segundo surgió en esas noches de soledad y aislamiento en la primavera de 2006, que por circunstancias, viví frecuentemente los dos años que estuve en la paradisiaca isla del Caribe. También, estando en Cuba los cucarachos mordisqueaban mi casi nulo cabello. Esto lo descubrí y era más frecuente en la Amazonia. Esa peculiar costumbre de estos bichos fue lo que me motivó a fantasear y meditar en el modo de vida, no solo de ellos, sino de todos los seres vivos.

Ambos cuentos son un excelente pretexto para compartir mis reflexiones acerca de diferentes temas que me parecen fundamentales y de gran trascendencia. Pero, sobre todo, me han dado ocasión de extraordinario solaz y diversión.

Los dos están basados en "HECHOS DE LA VIDA REAL", aunque también es cierto que la trama y su desarrollo los colorea mi peculiar manera de percibir la realidad más allá de los simples hechos cotidianos.

"LA PANDEMIA" es de actualidad (por eso le cambié el título) y con un escrito de hace veintidós años, intento darle una giro de ciento ochenta grados a la percepción que seguramente, por medio de la publicidad, nos han vendido para "matarnos de miedo", no de la risa.

"UNA CONSPIRACIÓN" al inicio lo nombré "cucarachil", pues todo gira en torno a sus planes malévolos. Pero no es necesario atribuir a otra especie de la creación esas intenciones, algunos de entre nosotros mismos seguramente lo podrían intentar.

Deseo que al leerlos disfrutes como yo al escribirlos. Del mismo modo, si se puede, te sirvan para avivar tu interés por temas que considero que valen la pena.

PANDEMIA
(O LA ALEGRÍA DE SONREÍR)

EN SENTIDO LITERAL

¡Me estoy muriendo de la risa! ¡Ah! ¿Cuántas veces he dicho esto? Y nunca tan cierto como hoy. Es literal, me estoy muriendo de la risa. Fue muy extraña y sutil la forma en que ocurrió. Quizá, no nos damos cuenta de lo peligrosas que pueden ser las sonrisas cuando no se les pone remedio a tiempo. Voy a tratar de explicarme en cuanto a esto.

Soy consciente de que me descuidé y por eso agonizo a causa de ellas. Se preguntarán cómo llegué a esta situación. Bien, voy a intentar responder.

Fue hace tanto tiempo, así que seguramente se me escaparán detalles, pero intentaré ser lo más fiel que se pueda a los hechos.

EL INICIO

Recuerdo que fue una de esas noches en las que me quedaba haciendo meditación en la sala de la casa. Ya habían pasado varios años desde que me ejercitaba en esta disciplina. En realidad, era muy sencillo el procedimiento, pues consistía en quedarme sentado totalmente inmóvil durante al menos veinte minutos en medio de la oscuridad. Eso era lo que hacía, igual que muchas otras veces, principalmente cuando podía estar en la parroquia.

Recuerdo que esa noche ya todos dormían. Me senté en uno de los sillones de la manera habitual e inicié con los ejercicios básicos de relajación. Al igual que de ordinario, no tardé en escuchar a los "tunchis" (los tunchis son parte de las creencias de la selva, espíritus que, aunque no son necesariamente malos, por ser de otro orden de la existencia sí causan miedo en los amazónicos). En realidad, se trataba de los ruidos normales de una casa construida totalmente de madera, pero junto con ellos pude apreciar algo que en un inicio identifiqué como ratas. Hacía ya varios días que no las escuchaba, pues, noche a noche, durante una semana, les había preparado cenas suculentas a base de veneno "Campeón", de modo que habían desaparecido. Bueno, ahora podía darme cuenta de que solo fue temporalmente.

Gracias a mi intento de mantenerme en la meditación, logré vencer la inquietud que me producía pensar que ocurriera lo mismo que otras veces, donde de repente venía alguna a topar contra mis pies. Así, aunque seguían escuchándose los ruidos, ya no les puse más atención.

Repentinamente experimenté un gran sobresalto. Mi corazón latía aceleradamente y mi pulso parecía que iba a estallar, pero continué quieto. Sentí que se derramaba un torrente de adrenalina a lo largo de mi cuerpo, pero con todo, conservé la calma. Seguía sentado en completo reposo. Ciertamente identifiqué un leve roce en mi pie derecho y, aun con esto, permanecí impávido –lo que nunca antes había logrado–, en total quietud. También es verdad que ahora estaba atento a los ruidos y por eso me di cuenta de que aquellas supuestas ratas eran más de las que pensé, las cuales se encontraban moviéndose muy cerca de mí. En ese momento decidí moverme para que se espantaran y poner fin al "ataque". Pude escuchar cómo huían velozmente, sin embargo, me llamó la atención un sonido que era muy diferente al que habitualmente hacen. No se trataba de su característico chillido, ya que era parecido a un murmullo. Intrigado por este detalle, me levanté para dar por terminada la meditación e irme a dormir. Igual que otras veces, me metí en la cama con las sensaciones placenteras que me invadían después de un buen momento de aquella actividad, así que no tardé en conciliar el sueño.

A la mañana siguiente, durante el desayuno mencioné al equipo, en son de broma, que necesitaba darles nuevamente de cenar a las ratas. Alguien preguntó con cierto asombro el porqué del comentario. Les hablé de los sucesos de la víspera y lo único que dijeron era que desde tiempo atrás no las habían escuchado. Aunque, me pareció raro, no hice más comentarios al respecto.

EL CONTAGIO

Esperé con ansia la noche para verificar si en verdad había ratas o era solo mi imaginación.

Unos minutos después de que el pueblo quedó sumido en la oscuridad por el corte eléctrico y aún más la sala de la casa a la que normalmente no llega mucha luz (ni siquiera la del sol), estaba sentado de nuevo en el sillón e intentando hacer meditación. Supongo que lo logré, ya que no me di cuenta de ruido alguno. Mas aún no recuerdo haber tenido imágenes, sensaciones o pensamientos. Me ocurrió como esas ocasiones en que todo el momento pasaba en blanco. Tampoco me había quedado dormido, puesto que mi cuerpo permanecía en posición recta a diferencia de las veces en que el cansancio de un largo día de actividad me impedía mantenerme despierto y podía descubrirme a mí mismo encorvado con dolor en las cervicales. Fue solo entonces que percibí algo que se aferró a mi rodilla causándome gran sobresalto, pero esta vez tuve la precaución de poner una linterna a mi alcance, de modo que inmediatamente la tomé y, encendiéndola, dirigí la luz hacia aquello que se aferraba a mí. Mi sorpresa fue mayúscula, pues donde esperaba encontrar una rata en actitud amenazante, me encontré con una sonrisa de una hermosa blancura.

Ahí estaba, con una mirada que podía definirse como suplicante y que también manifestaba cierta timidez. Pude descubrir que tenía una actitud amistosa, pues daba la impresión de que buscaba que alguien le diera acogida. Debido a que era extraño que hubiera una de ellas cerca de las regiones y en esta época del año, no dejaba de causarme temor. Permanecí mirándola sin moverme porque no quería espantarla, pues me sentía convencido de que era amigable y que, además, no me vendría nada mal tener una mascota así. Cuando se fue acercando por mi pierna me di cuenta de que era acompañada de un grupo de al menos cinco más. Todas resplandecían de blancura, por lo que me decidí a acariciar levemente a la primera y fue cuando noté cómo las otras cobraron confianza para acercarse a juguetear en mi regazo. Tuve que evitar que fueran muy sonoras, en razón de que podían interrumpir el sueño de los demás misioneros.

Me estaba divirtiendo tanto que ya no tuve reparo en aceptarlas y acariciarlas; sentí que nos habíamos hecho amigos. Finalmente, después de un divertido rato de sonrisas decidí irme a la cama, adoptando a aquella que se había acercado primero. Le hice un lugarcito entre mis labios y me fui a dormir con una sonrisa en la boca. Fue así como inició el contagio.

TODO NORMAL

A la mañana siguiente disfruté de las actividades normales con un gesto de felicidad en mi rostro. Por ejemplo, la sonrisa se asomaba discretamente en mi rostro cuando tuvimos la exposición del Santísimo, aunque por momentos me dejaba para ir y conocer el lugar y a las personas que veía, pero inmediatamente regresaba a seguir iluminando mi semblante.

Parecía que nadie se daba cuenta de los primeros síntomas que estaba manifestando de aquel contagio, o quizá simplemente no le dieron importancia. No sé, pero lo único que alguien mencionó fue: "Y ahora, ¿por qué tan contento?, ¿por qué tan sonriente?". Fuera de ese comentario no ocurrió nada que evidenciara que me había infectado de tan peligroso padecimiento que se manifiesta en felicidad, alegría y gozo. Aun con todo, noté algo que me inquietó fugazmente, pues descubrí que se podía reproducir con rapidez. No tengo ni la más remota idea de cómo puede ser esto, pues las investigaciones en este campo (según entiendo) están muy en pañales. Lo cierto es que de alguna manera se estaban multiplicando las sonrisas, y no solo en mis labios, sino que momentáneamente me pareció que empezaban a llenar los de otros.

No le di mucha importancia a ese detalle hasta que días después, cuando salí a bañarme a la quebrada, empecé a notar que la mayoría de la gente se sonreía conmigo al pasar. Entonces comenzó a crecer en mí la sospecha de que aquello se estaba convirtiendo en una epidemia. De alguna manera me tranquilizaba al pensar que no nos vendría mal caer enfermos de un padecimiento como este; además, me di cuenta de que si era así, los más propensos al contagio eran los niños, pues estaba seguro de que todavía no habían creado anticuerpos contra las sonrisas y, en poco tiempo, un niño podía hasta emitir sonoras y explosivas carcajadas llenas de transparente alegría. También es cierto que el pueblo jamás había recibido una vacuna para esto y seguramente con facilidad se infectaría, de modo que era de suponer que en breve estaríamos en medio de una auténtica pandemia. Después de pensar en eso, al final de la tarde disfruté intensamente del baño.

UN PROBLEMA

Esa tarde al regresar a la casa encontré al equipo reunido y pude notar en sus rostros una sonrisa nerviosa, lo mismo que una que otra de suspicacia. Estaban preocupados ya que esto estaba tomando las dimensiones de una pandemia. Ya algunas personas —las más serias del pueblo— con miedo e incluso con pánico, pues les aterraba la idea de sonreír con naturalidad y alegría, habían dado aviso al Ministerio de Salud con intención de que vinieran a poner todo bajo control.

Después de deliberar un rato entre risas y carcajadas, decidimos llamar a la casa central del vicariato para saber si podían enviar algún remedio. Nos informaron que era muy difícil conseguirlo en instituciones privadas, que solo se conseguía por medio del gobierno (ellos son especialistas en extinguir las sonrisas). Mencionó el guardián de la misión que se había pretendido crear la vacuna, pero los científicos que intentaron producirla fracasaron, provocando con sus experimentos que los sujetos de laboratorio terminaran fulminados por un ataque de melancolía complicado con síntomas de depresión profunda. Así las cosas, quedamos en espera de que las autoridades se hicieran cargo de la situación.

De alguna manera me sentía muy mal, pues sabía que todo esto había comenzado por haber aceptado como mascota a aquella sonrisa. Pero, por otra parte, me daba cuenta de que a la gente del pueblo le sentaba muy bien esta expresión amplia, transparente y sincera. Este contagio se parecía a la malaria, la cual es padecida crónicamente por muchos en la selva y aun así llevan una vida relativamente normal. A la larga seguramente llegarán a morir por su causa, sin embargo, pueden seguir con su actividad cotidiana con toda normalidad.

CADA VEZ PEOR

Yo sentía que me debilitaba gradualmente por el padecimiento y, aunque los demás del equipo suponían que debían darme ánimo, entendía que mi enfermedad estaba en una fase muy avanzada, pues mi hilaridad se había vuelto completamente espontánea y disfrutaba cada vez más de los comentarios chuscos incluso sin que fueran tan graciosos. Las sonrisas eran una cascada que fluía a raudales no solo de mis labios, sino de todo mi ser. Habían llegado a ser una donosa transpiración que me humedecía durante el día y por la noche me proporcionaban una frescura benigna con un calor reconfortante que me llenaba de paz. Otro síntoma inequívoco de que llegaba a un estado crítico lo manifestaban los temblores, o quizá debería decir, la vibración que invadía mi cuerpo cuando me emocionaba viendo a los niños sonreír libremente y sin prejuicios.

Siento que estoy llegando a la fase terminal de este contagio. He dejado de comer y no puedo masticar porque la sonrisa no se aparta de mis labios. Aunque han mencionado la posibilidad de alimentarme por sonda, la he rechazado, ya que solo prolongaría innecesariamente mi agonía. Se dice en el pueblo que mi caso es muy peculiar, pues jamás se ha sabido que alguien muera de risa. Bueno, pero ya sabemos cómo son los pueblos, se puede afirmar algo y nunca se sabe si tiene bases científicas. Es un hecho que muchas veces se trata de simples opiniones o de intentos de distorsionar la información para beneficio de unos pocos.

LA SOLUCIÓN

Han pasado varios días desde que se avisó al Ministerio de Salud para que tomara cartas en el asunto, y hoy se espera la llegada de los técnicos que se harán cargo de intentar resolver el problema. Yo casi no puedo andar, pero aun así quiero ir al puerto, pues ya se escucha el motor del bote en el que traen el tratamiento para combatir esta epidemia.

Apoyado en el hombro de los niños que me sonríen y rodeado de aquellos que quedaron contagiados por mi causa, conseguí llegar hasta la balsa donde reina un ambiente de fiesta con carcajadas.

Era de esperar que el antídoto que traen los del Ministerio de Salud fuera tan eficaz, pues apenas apareció el jefe con su rostro adusto, ceñudo y con algo que desde luego no es más que un remedo de sonrisa, muchos de los ahí reunidos que no se habían contagiado se quedaron muy serios. Solo los que estamos en fases avanzadas seguimos irradiándola con libertad.

—Alguien que ayude a bajar las cajas —gritó con voz autoritaria.

—¿Qué traen en esas cajas? —preguntó el alcalde.

—Son sonrisas prefabricadas —respondió el encargado.

En efecto, se podía leer en el exterior de cada caja: "RISAS" y más abajo: "La mejor calidad". Como si fueran originales. Y aunque seguramente eran de imitación, aparecía la leyenda: "Made in USA". También era significativo que en la tapa de cada caja se veía el logotipo de alguna cadena de televisión nacional según la hubiera donado para "la noble causa" de combatir la pandemia.

—¿Este es el antídoto? —pregunté.

El encargado, acentuando más su sonrisa fingida y con aire de experto entrevistado respondió:

—Desde luego, el principio es sencillo, pues se reparten estas sonrisas fingidas entre la población y con ello aprenden a reír con falsedad, de modo que provoca la paulatina desaparición de las sonrisas auténticas. Gracias al hecho de que las prefabricadas son totalmente controlables, no representan ningún peligro para la población (tampoco para el gobierno). Mientras que las sonrisas espontáneas y auténticas son libres e incontrolables, se convierten en un grave riesgo de desórdenes civiles –aunque esto jamás lo admita el gobierno–.

Acto seguido, hizo un ademán a uno de los técnicos que lo acompañaba mientras decía:

—No hay tiempo que perder, tenemos que repartir estas sonrisas lo antes posible.

Inmediatamente, cada uno de los técnicos esbozó una amplia sonrisa (desde luego prefabricada) y empezaron a repartirlas a todos aquellos que permanecían cerca.

En ese preciso momento, mientras veía cómo cambiaban en el rostro de la gente aquella expresión auténtica y franca por una acartonada y deforme, sentí que me atacaba de la risa, lo que me causó extrema debilidad y, lo último que recuerdo es cómo algunos de los pobladores, especialmente niños, disimuladamente se iban escabullendo. Después de esto ya no supe más.

TODO BAJO CONTROL

No sé de qué manera, pero llegué al hospital de Iquitos, el cual tiene el equipo necesario para atender a casi cualquier persona que requiera atención médica general y especializada. Alguien del equipo parroquial llegó de visita y hemos estado conversando acerca de todo lo ocurrido en el pueblo desde que fui trasladado inconsciente. Ahora ha salido por unos momentos, pues fue a traer el breviario para rezar juntos.

La sonrisa no se aparta de mí, creo que voy a morir feliz. Los doctores dijeron que me trasladaron de urgencia porque lo mío es terminal. Además, quieren estudiar el caso detenidamente, pues no recuerdan nada semejante. Quienes vienen a atenderme se acercan recelosos y siempre con cubrebocas. Aunque he notado eventualmente cómo se trasluce alguna "discreta sonrisa" dibujada en sus labios. Supongo que en cualquier momento empezarán a experimentar los síntomas del contagio, pues algunos de ellos han ensayado a bromear conmigo sobre mi estado de salud. Quizá no se dan cuenta, pero seguramente ya los contagié.

Le pregunté a un visitante que llegó ayer del pueblo sobre cómo está la situación allá. Dijo de manera seria que "felizmente" todo estaba bajo control. En ese momento sentí que por primera vez desde ya hace mucho tiempo, y por un breve instante, la alegría desaparecía de mis labios; pensé que quizá ahora el pueblo se vería muy distinto y, aunque la gente no hubiera dejado de sonreír, ahora muchos lo hacían falsamente. Una vez más hizo nido en mis labios la sonrisa cuando recordé lo último que vi antes de desvanecerme en el puerto del pueblo y me dije: "Seguramente algunos (ojalá muchos) hayan podido huir, de este modo, por lo menos un buen número de ellos podrán en el futuro lograr que se contagie de nuevo todo el pueblo".

TRÁGICO FIN

Creo que fue así cómo ocurrieron los hechos, espero haber sido fiel a la verdad. Es por eso que ahora puedo decir en sentido literal: "¡Me estoy muriendo de la risa! En este momento estoy rodeado de centenares de ellas, revolotean en derredor mío, brincan de un lado para otro, me cosquillean por todo el cuerpo y se amontonan en mis labios. Llenan de resplandeciente blancura toda la habitación". Las carcajadas de los que han entrado en el cuarto se alían y se confunden con todas estas que me salen de no sé dónde. Estoy seguro de que ya me estoy despidiendo con una amplia, franca, limpia, transparente y sencilla sonrisa que con su alada albura traspasa los umbrales de esta vida, para llegar hasta Aquél que es la Sonrisa Eterna y que hace sonreír al universo entero con su infinito amor.

¿Alguna vez has dicho: "Me muero de la risa"? ¡Cuidado! Porque si no haces cuarentena, la próxima vez que lo digas puede ser literal.

FIN

UNA CONSPIRACIÓN
SUPERIORIDAD ESPECIÁTICA

DURMIENDO EN TACAJÓ

Supongo que no hacía mucho tiempo que me había quedado dormido cuando escuché un revoloteo cerca de mi cabeza. No era raro, pues si no era alguna polilla atrapada en la casa entonces era uno de esos cucarachos que anuncian lluvias revoloteando por todas partes. Aunque, no me era grato compartir la habitación con un bicho como este, tampoco me quitaba el sueño, ya que he empezado a aceptar que sean así de insolentes, pues la difusión de las recientes investigaciones científicas nos han convencido de que son una de las pocas especies que sobrevivirían si ocurriera un holocausto nuclear. Quizá, por eso es que guardo respeto por los de su especie, y no solo por ellos, sino por cualquier otro ser vivo, por insignificante que parezca.

No tardé mucho en descubrir que era un cucaracho, el cual atrevidamente degustaba uno de mis muy breves cabellos. Instintivamente salté de la cama (en realidad se trataba de un colchón de hule-espuma tirado en el suelo de la habitación) para librarme de ese desagradable ataque. De inmediato eché mano de la linterna que acostumbro tener a mi alcance ex profeso. Suponía que así saldría huyendo espantado, sin embargo, mi sorpresa fue mayúscula cuando lo vi sentado sobre mi almohada y, aunque parezca sorprendente e ilógico, tenía la pierna cruzada. No sé si era evidente o solo lo intuía, pero percibía en él una actitud desafiante y de arrogancia.

No atinaba a salir de mi asombro, me sentía en una fantasía al estilo Kafka. Me restregué los ojos para borrar aquella imagen, de la cual, quería convencerme de que no era real. Sin embargo, no solo no desapareció, sino que me sorprendió con algo aún más surrealista, pues empezó a hablar con una voz estruendosa y sobrecogedora.

—Quita ya esa cara de estúpido que no te sienta nada bien —sonaba realmente seguro de sí mientras pronunciaba estas palabras. Después de lo anterior, esto ya no me sorprendió, aunque era muy desconcertante—. ¿Acaso no se supone que eres de mentalidad excepcionalmente abierta? —continuó diciendo.

—¿De dónde saca esa idea? —ilógicamente me pregunté. Creo que tenía razón, pues así me veo a mí mismo. Pero golpe tras golpe no permitía que me recuperara del primer impacto, de la impresión; ya había quedado mudo y tan perplejo que hubiese requerido horas para salir de aquel shock.

—De acuerdo —dijo con voz condescendiente—. Sé que debo disculparme —ahora empezó a sonar auténtico en su actitud amable, lo cual me dejó, si se puede, más sorprendido—. Es imprudente de mi parte presentarme así. Después de analizarte detenida y concienzudamente, estoy convencido de que somos muy parecidos, pero entiendo que te sientas aturdido de aceptarme en igualdad contigo —continuó—. Quizá estés pensando que te estás volviendo loco, y probablemente tengas razón, lo mismo me ocurre a mí. Ya que ni a ti ni a mí nos está permitido siquiera pensar en algo de esta índole, cualquiera de tu especie o de la mía que nos mirara ahora seguramente nos juzgaría de locos. Especialmente a mí, pues podrían permitir que hablara con cualquier otro ser de la naturaleza pero, con un hombre, ni pensarlo. No es que tenga algo personal contra ti o contra los tuyos —parecía que se estaba disculpando—. Es que, solo a un cucaracho desquiciado se le ocurriría intentar hablar con alguien tan despreciable como un ser humano.

—¡¿Qué?!, ¡oye! —tartamudeé torpemente intentando salir a la defensa de nuestra especie, pero me ignoró por completo.

—Sería inconcebible, sin embargo, me he atrevido; espero no haberme equivocado.

UNA NUEVA SITUACIÓN Y TODO IGUAL

Mientras él terminaba de pronunciar estas palabras, tomé conciencia de algo especialmente peculiar. No sé si él había estado creciendo o yo me estaba encogiendo. Extrañamente esto no me causaba miedo alguno, de modo que dócilmente me iba adaptando a esta nueva situación.

—Te advierto —retomó lo que decía anteriormente, poniendo un toque de misterio en su voz—, lo que vas a presenciar debe quedar entre nosotros.

En ese momento atiné a observarlo ya con un poco de calma. Ahora, su aspecto me parecía tan humano que podía percibir el color de su piel, de su cabello, su estatura, entre otras características. Sin embargo, también me preguntaba si no era yo el que iba tomando apariencia cucarachil. Sin que me diera cuenta cómo, ya había pasado su brazo por mi hombro (o debería decir mi ala) y me guiaba por pasadizos y lugares que jamás imaginé que existieran en mi habitación.

Por fin llegamos a un espacio muy amplio, era una gran caverna donde se encontraban cientos de miles de cucarachas. Ya había experimentado bastante con su aparición al grado de que esto no me causaba ni la más mínima aprensión, sin embargo, me parecía muy extraño que a nadie le llamara la atención mi presencia. Suponía que mi simple aspecto humano debía extrañarles a todos y aun así continuaban con lo que hacían. Solo uno que otro nos miraba momentáneamente, tal vez creyendo reconocer a alguien o como un posible prospecto para algún negocio o transacción.

—Espérame aquí un momento.

Me sentenció y se adelantó unos pasos para abrir una pequeña puerta de lo que parecía la trastienda de un establecimiento comercial. Encogí los hombros con resignación y él, guiñándome un ojo, desapareció cerrándola tras de sí.

Sin saber de dónde, surgió una voz que captó mi atención.

—Tengo lo que necesitas, ¿cuánto quieres? —escuché detrás de mí.

—¡¿Qué?! —intenté preguntar, sintiendo un gran sobresalto—. ¿De qué se trata?, no sé de qué me habla. ¿Necesitar qué? —mientras giraba para descubrir a mi interlocutor, volví a hablar.

Casi me desmayo de la sorpresa al descubrir que el que me hablaba me era muy familiar. Delante de mí estaba otro cucaracho, el cual reflejaba fielmente los rasgos de Juan Isidro, bueno, aunque con una evidente apariencia cucarachil.

—Chilo...

Titubeé, pues aunque reaccioné seguro de que aquel cucaracho era Chilo y por ello no tenía el menor reparo en saludarlo efusivamente, al mismo tiempo, al tomar conciencia instantánea de no estar en mi mundo y de que no podía tratarse de ese querido amigo, me detuve.

—¿Perdón? —dije para intentar reaccionar ecuánimemente—. No entendí su pregunta.

Hablé como si dominara la situación, aunque eso no fuera posible. Cambié mi manera de expresarme, pues percibí que me miraba con total indiferencia, y hasta con desprecio. Eso no estaba relacionado con mi condición humana, ya que mi aspecto era el de un perfecto cucaracho. A mí me ocurriría lo mismo si me viera en un espejo, pues podría descubrir mi apariencia cucarachil, pero aun así mis rasgos eran los de Alberto.

—Veo que no se decide —sentí que esa frase era más un ataque que una afirmación—, o está evadiendo reconocer que no trae "plata" —continuó mientras yo lo miraba a los ojos, solo para sentir lo molesto de su mirada, pues aunque parecía la misma de Chilo, me hablaba de modo funcional y ausente igual que los dependientes obligados a cumplir un horario de trabajo por un mínimo estipendio y sin estímulos que les motiven a ser más amables con los clientes.

—Tiene razón —mentí, intentando acabar con esa incómoda situación—, no traigo dinero.

Entonces apareció en su rostro un rictus de fastidio, casi rayano en desprecio u odio y, sin pronunciar palabra, dio la media vuelta para perderse al doblar una esquina cercana.

Nuevamente estaba en shock cuando escuché:

—¿En qué estás?

Era la voz de aquel cucaracho que estaba de regreso junto a mí.

—¡Ah!, ah, sí, yo, este, yo... —no acababa de recomponerme— ¿Qué pasa? —logré formular esta pregunta.

—Te ves desconcertado —dijo mirándome fijamente y tratando de penetrar mis confusos pensamientos—. ¿Qué te ha pasado? —preguntó impaciente pero tratando de infundirme algo de la tranquilidad que tanto necesitaba.

—No sé, realmente no sé —respondí mientras trataba de coordinar mis pensamientos—. Era exactamente igual a Chilo —en realidad no sabía lo que estaba diciendo, era más una catarsis que una respuesta.

—¿De qué hablas? —gruñó con impaciencia—, no me explicas y no te entiendo —dijo con ánimo molesto.

—Dejémoslo así —hablé con decisión y víctima de una total impotencia—. ¿Qué viene a continuación? —me sorprendí de la serenidad con que pude responder.

—No habiendo más comentarios —intentó cambiar de tema—, nos vamos, ya nos están esperando mis amigos —lo dijo tan naturalmente como si se tratara de lo más familiar para mí.

—¡Ah! Sí, tus amigos —impliqué ironía en mis palabras—. Me olvidaba de ellos, ¿cómo se llaman?

Desde luego que no tenía ni idea de si se les podía llamar por un nombre propio.

—Se llaman... —hice una pausa retórica, como pidiendo que me recordara el nombre, al menos de alguno. Se quedó callado en tanto que empezamos a caminar. Pude notar así mismo que me miraba con una mezcla de desconcierto y desprecio, con duda y como diciendo: "No te hagas el gracioso". Movió la cabeza con resignación al tiempo que me ordenó callar y que siguiera caminando—. Bien, al menos tengo derecho a saber de qué se trata todo esto. Me sacaste de mi mundo sin preguntarme, me siento como si hubiera sido secuestrado. Sé que no es así, pero esa es mi impresión —tomé una actitud de sumisión—. ¿Podrías decirme siquiera por qué estoy aquí?

EL BANQUILLO DE LOS ACUSADOS

(Entre la ficción y la realidad)

Sin que realmente lo hiciera, era como si me hubiera tapado la boca, pues en ese momento habíamos entrado en una pequeña habitación subterránea en la que nos esperaban al menos media docena de cucarachos. Claro que debía sorprenderme, pero a estas alturas ya me estaba acostumbrando tanto a las sorpresas que pensé que ya nada me podía desconcertar. No podría describir con precisión aquella escena, ya que era una especie de consejo o un jurado en sesión deliberativa donde los individuos estaban sentados, excepto uno, que parecía ser tan anciano que no soportaba estar mucho tiempo en esas sillas tan incómodas incluso para la anatomía de ellos.

Entonces me asaltó la sospecha de que estaba a punto de ser juzgado por ese cucarachil tribunal. Tanto así, que había un pequeño banco.

"¡No puede ser!" —pensé para mí—, me van a sentar en ese "banquillo" de los acusados y ni siquiera sé cuál es mi delito.

En este momento suponía factible la posibilidad de haber sido secuestrado para juzgarme por infringir alguna ley de su peculiar mundo. Repentinamente pasaron por mi mente miles de imágenes de esas películas que me parecían ridículas (ahora no me sentía tan seguro de ello) en las que los insectos se adueñan del planeta y lo primero que hacen es vengarse de los daños que los humanos les hemos causado. Mientras vivía (quizá deba decir: sufría) esta escena y pasaba ese torbellino de ideas y pensamientos por mi cabeza, sentí que un escalofrío recorría mi cuerpo y me erizaba el cuero cabelludo de la nuca; supongo que a eso se le puede llamar miedo.

Era eso lo que sentía en ese momento, así que lancé una mirada de angustia y súplica a mi amigo (¿podía llamarlo así?) el cual me miró a su vez, disipando mis temores sin saber realmente por qué.

—Vamos, toma asiento —me dijo medio en secreto—, no tengas miedo, te aseguro que no es lo que piensas —no pude evitar mirarlo fijamente, ya sin la presión de pensar si mi vida estaba en peligro.

Fue entonces cuando me di cuenta de que el rostro de aquel cucaracho me parecía muy familiar. Podía pensar que era porque ya me estaba acostumbrando a verlo, sin embargo, descubrí que no era por eso.

—¡Claro! —exclamé para mis adentros—. Es "Lencho" —bueno, se trataba de la versión cucarachil de Lorenzo

Valenzuela. Incluso el tono de su voz y su mirada grave y benevolente le sentaban muy bien.

—Señores —dijo mi amigo "Lencho" en tono solemne. Para entonces yo estaba sentado—, les presento a Alberto, de quien tanto les he hablado —noté un ambiente de expectación y cargado de emociones. Parecía ser un momento largamente esperado por aquel peculiar grupo—. Realmente no ha sido difícil conducirlo hasta aquí, aunque tengo que decirles que lo noto muy desconcertado. Por lo que considero indispensable que le demos una explicación de lo que esto significa —esas palabras me hicieron sentir que no me equivocaba al considerar a aquel "Lencho" como un amigo—. Sugiero —continuó diciendo— que sea el Don Jesús quien ponga en contexto a nuestro invitado —sin duda, me pareció normal que ese individuo cucarachil tuviera los rasgos de "Don Chuchito".

—¿Entonces? —pregunté en voz baja a mi amigo y con un ademán para que se acercara—. Seguramente tú eres Valenzuela —me miró con gran asombro y asintiendo con la cabeza, pero sin pronunciar palabra e indicándome guardar silencio.

—¿Qué les parece mi propuesta? —dijo Lencho. Aunque no hubo votación ni cosa por el estilo, se dejó sentir entre el grupo el consentimiento al respecto.

—¡Ajam! —aclaró la voz Don Chuchito—. Primeramente y en representación de todos mis compañeros, quiero pedirte una disculpa por la manera en que has venido a parar aquí. Te puedo asegurar que no se trata de un secuestro y, aunque todo tenga la apariencia de ser un tribunal, créelo, nada más lejos de la realidad.

Me parecía escuchar la voz del mismo Don Jesús, quien se caracterizaba por esa manera queda y pausada de hablar que a muchos hacía suponer en él una capacidad intelectual limitada. Sin embargo, los que lo conocemos somos testigos de su privilegiada inteligencia capaz de deslumbrar a cualquiera, incluso tomando en cuenta que últimamente ha sufrido Parkinson, lo que ha acentuado esa apariencia. Lo cierto es que en nada se ha visto afectada su lucidez.

—Hemos deliberado mucho sobre este encuentro —estas palabras me trajeron de nuevo al discurso de Don Jesús cucarachil—. Todo esto ha significado una gran inversión económica; además de esfuerzos, luchas de ideas y opiniones, lo mismo que gran cantidad de horas y de diálogos en todos los niveles para llegar a un acuerdo sobre la conveniencia de este proyecto.

Por la manera en que manejaba los datos, me daba la impresión de que el respetable Don, era el corazón de todo este enredo en el que me veía envuelto.

—Es un hecho que hemos llegado a este momento por nuestros propios medios. Por iniciativa de un reducido grupo interesado en encontrar la mejor forma de armonizar las diversas realidades de nuestro mundo.

¡No lo podía creer!, me parecía escuchar un discurso diplomático en las Naciones Unidas o en alguno de esos foros internacionales que siempre dejan la sensación de estar vacíos. Al mismo tiempo, intento ubicarme en el hecho de que estoy en medio de una sociedad al parecer súper avanzada de cucarachos y que ni siquiera sé qué sentido tiene que sea yo, precisamente, quien esté aquí escuchando las palabras de este sabio cucaracho, que por cierto, no parece (las apariencias pueden engañar) ni por asomo que quiera hacerme daño. Por el contrario, más parecería buscar una relación amistosa.

—Ya que por lo demás —continúo con ese toque de severidad que había adoptado desde el inicio—, si hubiésemos esperado a que tomaran algún acuerdo los gobiernos, jamás hubiéramos llegado a este punto del proyecto.

Esto que estaba escuchando me hacía suponer que ellos eran parte de una sociedad altamente organizada, sin embargo, no realmente eficiente y que podían ser considerados como disidentes.

—Primero que nada y para que quede claro, todo lo que implica estar en este diálogo nos ubica en los límites entre la realidad y la ficción. Me explico —dijo en respuesta a mi semblante de duda y escepticismo, que gracias a su fina intuición había notado en mí—. Podemos decir que es real que los miembros de esta sociedad privilegiada y superior estemos en comunicación contigo, que representas a una especie tan insignificante y despreciable como la humana.

Nuevamente escuchaba esa afirmación que desde el inicio me había sido tan molesta y que ahora, aunque no me dejara de molestar, empezaba a aceptar.

—Es real, pues hemos creado un tipo de transcripción no solo de nuestro lenguaje y modo de comunicación, sino también de las categorías, parámetros y referentes propios de nuestra civilización, cultura y sociedad a los de ustedes.

Me parecía claro lo que decía, pero incursionaba un terreno más allá de los campos de la lógica, de la filosofía, la ciencia y, si se puede, también de la teología. No podía imaginar, aunque lo intuyese, cómo iba a armonizar todos estos niveles, no digo ya de reflexión, sino de vivencia, de experiencia y del ser en los que se estaba adentrando.

—En realidad, en este momento todos nosotros —continuó— estamos bajo la acción de una interface que hemos acordado en llamar "Sistema Interespeciático de Percepción Audioconceptual" (IAPS por sus siglas en inglés: Interespeciatic Audioconceptual of Perception System).

MATAR CUCARACHOS

En ese momento hizo un gesto con la mirada y un ademán, seguramente preacordado, lo que causó que fuera arrancado de cuajo de ese ambiente. Como en un torbellino, todo mi entorno se disolvió en un collage sin sentido. De repente pude entreabrir los ojos y asomarme a una realidad alterna a años luz de distancia, podía entrever en penumbras a un pequeño grupo de cucarachos en el piso de mi habitación mientras estaba sentado en el borde de mi cama. Con las piernas cruzadas en medio loto y un sentimiento de indecisión, con la linterna en mi mano izquierda y una sandalia en la otra.

En mi cerebro resonaba la pregunta: "¿Qué quiero intentar?".

Ciertamente no tengo motivos para matarlos. No me están atacando de ninguna manera, ni son una amenaza. Es verdad que me causan repugnancia y, del mismo modo, me es muy desagradable pensar que mientras duermo trepen por mi cuerpo y lleguen a mordisquearme. Pero incluso eso lo puedo soportar. Si me basara solamente en esa aversión, sin tardanza los acabaría, ya que no hay algo que me lo impida, no hay ni una sola ley civil que me sancione por ello. Quizá, pudiera surgir en mí algún sentimiento de culpa por acabar con un ser vivo. Sin embargo, he aprendido a vivir con eso. Aunque, por otro lado, es cierto que siempre requiero preguntarme si tiene sentido poner fin a la existencia de seres tan insignificantes, indefensos e inferiores solo por ser superior a ellos. En ese momento reflexionaba en que mi indecisión era por la seguridad que tenía de que la vida, en cualquiera de sus formas, merece respeto por insignificante que parezca. La dubitación resultaba bastante insoportable por el hecho de estar ahí frente a esos cucarachos, sin saber si esto lo estaba pensando o alucinando. Aun así, en medio de esa confusión, podía entrever mis motivaciones más profundas sobre el valor de todo lo que vive.

Relacionado con esto, he llegado a la convicción de que si nos atrevemos a disponer de una vida indefensa solo porque nos consideramos superiores o debido a que no sufriremos sanción alguna, manifestamos ser homicidas. Quizá son muchos los que desearían acabar con un ser humano, sin embargo, la carga legal que conlleva un acto como este es lo que impide que la inmensa mayoría no se decida a exterminar a otro. Cuando un individuo se ha convencido de que hay seres humanos inferiores a los demás y logra convencer a la autoridad, de modo que no se apliquen sanciones, no tendría el menor reparo en asesinar. Entonces bastaría casi cualquier razón para desaparecerlo de la faz de la tierra. Tal vez es el caso de algunos individuos a lo largo de la historia humana que no aceptan la igualdad de las personas y han logrado convencer a los demás, por lo que desaparecen los límites que les pueden impedir el exterminio de aquellos que consideran inferiores. Seguramente es el caso de los genocidios, como el sobrepubilicitado de los judíos. También el de China, que fue el país de Asia que más sufrió a manos de los japoneses durante la llamada Segunda Guerra Sino-Japonesa de 1937 a 1938 y la Segunda Guerra Mundial de 1939 a 1945. Lo mismo que el ocurrido en América, perpetrado por los españoles, ingleses y portugueses. Todos ellos del pasado pero, al igual que en nuestro tiempo, las políticas abortistas y un sinnúmero de exterminios están basados en la idea de superioridad de unos sobre otros. Así, se intenta justificar la destrucción de la vida implantando criterios de un sistema que rinde culto a la muerte.

—¿Es esto lo que quiero intentar? —me encontraba aún en mi habitación, preguntándome interiormente mientras iba extendiendo mi mano con la sandalia en ella para dar un golpe exterminador a esa multitud de insectos despreciables e insignificantes. No era difícil concluir la acción casi automática. Quizá hubiese podido escapar alguno de ellos, pero fue en ese preciso momento cuando se transformaron nuevamente en el peculiar consejo que me estaba sometiendo a escrutinio y, una vez más, me vi envuelto en aquel ambiente cucarachil del que había sido arrancado momentos atrás.

—De acuerdo, gracias por la demostración —escuché la voz de Don Jesús mientras se dirigía con estas palabras a alguien a quien no podía ver, en algún lugar en la oscuridad del recinto—. Seguramente percibiste claramente el efecto del IAPS.

Escuchaba su voz, pero no estaba seguro de comprender lo que acababa de ocurrir.

¿QUÉ ME ESTÁ HACIENDO EL "IAPS"?

—¿Qué me ocurrió? —atiné a preguntar mirando en derredor mío sin poder salir de mi aturdimiento. Era como si hubiese sufrido un desvanecimiento durante el cual había vivido una alucinación. Aunque, pensándolo bien, ya no podía distinguir entre la realidad y una ilusión—. No entiendo qué me está pasando —ahora estaba pidiendo que alguien se compadeciera de mí y me aclarara todo esto.

—No te preocupes —escuché la voz de un nuevo cucaracho—. Entendemos que te sientas tan desconcertado. Lo que pasa es que te hemos desconectado momentáneamente del IAPS —la voz sonaba muy profesional y capaz de utilizar cualquier tipo de lenguaje técnico—. Perdón —se disculpó—, no me he presentado.

Claro que no era necesario, pues solo con mirarlo podía suponer que se trataba de Isidoro. Estaba sentado con la pierna cruzada y despreocupado como quien domina la situación, exactamente igual que aquel hermano sacerdote tan cercano en la vivencia ministerial. Esa extraña mirada cucarachil y tan de Lolo reflejaba la experiencia de alguien que se había abierto paso por sí mismo en la vida y en el ministerio. También, la pulcritud de su ropa y la fragancia que se percibía incluso a metros de distancia.

Estos rasgos quizá contrastaban, sin desentonar, con su manera de enfrentar la vida siempre en clave crítica y con un fuerte acento de subversión, inconformidad y rebeldía. No era difícil percibir en sus zapatos esmeradamente cuidados y abrillantados un discreto gusto por lo refinado. Este aspecto de su imagen iba bien de la mano con su empatía hacia lo discriminado, marginado y no valorado.

—Soy Isidoro —dijo con amabilidad, lo cual me dio gusto, pues no me había equivocado—. Tengo a mi cargo el continuo monitoreo del IAPS.

La figura de Don Jesús había quedado en segundo término, ahora mi interlocutor era esta versión cucarachil de Lolo.

—Me he permitido tomar la palabra porque creo que es necesario que comprendas un poco mejor cómo es que llegamos a crear este sistema de intercomunicación de las diferentes especies —sabía que estaba a punto de escuchar una cátedra de cosmología científica junto con lógica y epistemología.

—Un momento —interrumpí el discurso de Lolo—. Don Jesús decía que bordeábamos los límites entre la realidad y la ficción —con estas palabras, retomé el hilo de la exposición anterior para conectarlo con esta nueva intervención de Lolo—. Puedo entender que realmente estamos conversando y que este tribunal, o como lo queramos llamar, sí existe, pero qué me garantiza a mí que lo que percibo no es más que una alucinación y que en cualquier instante puedo cobrar conciencia de mi verdadera existencia, y así todo esto pasaría a ser solo una fantasía absurda, o un mal sueño.

—Bien, lo que pasa es... —noté que Lolo se apresuraba a dar una explicación. Sin embargo, me fue imperativo tapar mis oídos con las manos, pues en ese preciso momento se dejó oír un ensordecedor ruido que hacía retumbar cada ladrillo del recinto que nos albergaba. Incluso la tierra temblaba bajo mis pies. En medio de ese estruendo se encendió un nuevo panel de luces que me aturdían con su brillantez, eran tan potentes que pude descubrir que el lugar donde estábamos no era sino un escenario en el que intentaban (no engañarme) hacerme más amigable el sofisticado aparato que requería el IAPS. Simultáneamente se escucharon un sinnúmero de alarmas, me enloquecían sus destellos rutilantes e indicadores multicolores.

—¡No lo dejen ir! —se escuchó una voz que a través de altoparlantes coordinaba al equipo técnico responsable de las rutinas y subrutinas de aquel interespeciático sistema—. ¡Lo estamos perdiendo! —esta última frase se fue diluyendo en mis oídos pues, del mismo modo que antes, empecé a experimentar la sensación de mareo que me había arrancado de este

51

entorno—. ¡No lo dejen ir! —Pude escuchar muy lejanamente la repetición de la consigna desesperada.

Eso fue lo último que percibí de aquel mundo cucarachil antes de sentir que entreabría los ojos en mi habitación debido al ruido ensordecedor del pito del ingenio central de Tacajó, que anunciaba que eran las dos y media de la madrugada (hora del cambio de turno de la noche). Caí en la cuenta de que era ese sonido el que me estaba despertando en oscuridad como lo había hecho muchas veces al principio, luego me acostumbré tanto a él que ya ni siquiera lo escuchaba mientras dormía. Fue tan breve y súbita esa toma de conciencia que prácticamente no se registró en mi memoria, pues después de mi parpadeo apareció ante mí, una vez más, todo ese aparatoso sistema interespeciático.

—Lo tenemos de regreso —escuché al mismo tiempo que iba desapareciendo todo aquel alboroto causado por el silbato del ingenio—. ¡Podemos continuar! —dijo nuevamente la voz que coordinaba el equipo.

Ahora sentía mi mente embotada, sin pensar ni sentir nada. Miraba a mi alrededor con un profundo sentimiento de extrañeza.

—¿Te sientes bien? —escuché la voz de Lolo.

Hubiera querido responder, pero ni podía, ni tenía la más mínima intención de hacerlo, simplemente lo miraba a él y pasaba la vista por todos y cada uno de los presentes.

—No está mal esto —dije para mis adentros—. Estoy yendo y viniendo entre dos mundos totalmente diversos y puedo mantener, al menos parcialmente, la conciencia de uno y de otro. Sin embargo, se trata solo de una alucinación —con este pensamiento intentaba convencerme a mí mismo de ello.

—Alberto, ¿te sientes bien? —insistió Lolo.

Yo casi estaba sonriendo e inexplicablemente tenía la sensación de flotar en medio de aquella sala. Junto con esto, había desaparecido toda preocupación relacionada con esta experiencia tan surrealista.

Empezaba a comprender que puede haber un vínculo mucho más profundo no solo entre estos dos mundos, sino en todo nuestro universo. De modo que, si nos habituáramos a tomar en cuenta esta diversidad, lograríamos la armonía con el propio mundo, dimensión o realidad (como quiera que lo concibamos) con lo que ha existido, existe, e incluso pueda llegar a existir. Experimentaba una sensación que me llenaba de paz, al punto de que las explicaciones sobre este barullo que habían organizado en mi honor eran casi innecesarias.

—No, no estoy bien —respondí en espera de la reacción preocupada de Lolo.

—¿Qué te pasa?, ¿te duele algo? —preguntó sin ocultar su angustia y preocupación.

—No estoy bien, estoy excelentemente bien —completé la primera parte de mi respuesta.

—¡Uy!, nos habías alarmado —dijo mientras su expresión corporal reflejaba un inmenso alivio—. Se nota que ya estás bien, has retomado tu mala costumbre de bromear así —habló como si fuera el mismo Lolo que me conoce bien y que ha sufrido irremediablemente de mi humorismo de ocasión. Lo llamo así porque surge según el momento y no basado en chistes o bromas preestablecidas.

NO SABEN CON QUIÉN SE METIERON

A estas alturas ya estaba recuperado y tan seguro de mí mismo como si estuviera en mi propio ambiente.

—No creo que me esté evadiendo —dije al tiempo que me levantaba resueltamente de mi asiento—. No ha terminado de decirme en qué sentido todo esto es al mismo tiempo real y ficticio —le dije sin más a Don Jesús, percibiendo el desconcierto e inquietud que causaba mi nueva actitud—. Creo que he comprendido, al menos en términos generales lo que significa el IAPS —con estas palabras retomaba el tema de que esta experiencia interespeciática está en los límites entre la realidad y la ficción—. Sin embargo, no he comprendido bien por qué esto se puede entender como ficción —concluí mi cuestionamiento y todos dirigieron la mirada hacia Don Jesús.

—De acuerdo —tomó nuevamente la palabra—. Si te das cuenta, esto no puede ser totalmente real —sentí que estaba empezando a complicar las cosas, pues para mí no había dificultad en aceptar que todo esto estaba ocurriendo—.

Bien, o al menos —concedió— no podemos estar del todo seguros de que estemos estableciendo una comunicación auténtica entre nuestras especies —hizo una breve pausa como para permitir que repasara esta última afirmación suya—. Por lo que a nosotros respecta, no sabemos si ustedes son capaces de formular coherentemente una comprensión holística del universo.

Esta vez no estaba dispuesto a quedarme callado ante esta sospecha que me estaba irritando tanto.

—Un momento, un momento —interrumpí su discurso evidenciando molestia en mi voz—. Quiero aclarar algo que no me está gustando nada —continué—. Ya me cansé de que se tomen la atribución de juzgarnos como una especie inferior. No se han puesto a pensar que quizá sean ustedes los inferiores —todos tenían la vista fija en mí y manifestaban un gran asombro, pues al parecer no esperaban que tuviese la capacidad de sostener un debate como este con ellos—. ¿Por qué no consideran el fundamento de su afirmación de superioridad? —en este momento, notaba un claro escepticismo en cada rostro—. ¿Acaso piensan que son superiores a nosotros porque han elaborado un sofisticado sistema que permite la comunicación entre especies? —dije mientras crecía en mí la seguridad de ser el dueño de la situación, sobre todo porque estaba empezando a manejar una de mis armas preferidas, la retórica—. ¿No se han puesto a pensar que quizá nosotros tenemos todo para crear ese tipo de interfases?

—mientras continuaba con mi disertación se escucharon discretas risitas como de burla, por lo que quizá lo consideraban totalmente absurdo—. Y que, quizá, no les estemos concediendo la importancia suficiente para intentar comunicarnos con ustedes.

Ahora todos escuchaban atentos, pues parecía ser que este último argumento podían considerarlo válido.

—Además y finalmente —retomé mi apología—, tanto ustedes como nosotros, al ocuparnos de demostrar quién es superior a quién, lo único que evidenciamos es que no somos más que especies que no hemos llegado a armonizar, ni con nuestro entorno especiático, ni con otros seres de la naturaleza.

Definitivamente, ahora me estaban escuchando y empezaba a ser tan apodíctico como para causar rechazo en mi auditorio, lo cual podía provocar que mi interlocutor descartase mis planteamientos sin más, ignorándome, o bien, se pusiera de mi lado sin cuestionar nada y, por consiguiente, sin provecho para ambos.

—Me gustaría explicarme lo mejor posible —dije a continuación con temor de hacerles sentir mal—. Creo que comprendo y soy capaz de aceptar que nos consideren inferiores. Sin embargo, si tomamos en cuenta el hecho de que hasta ahora, de no ser por su IAPS, no podríamos comprender la integralidad cultural de otras especies —retomé el ataque—.

Dense cuenta de que los seres humanos podíamos haber pensado exactamente lo mismo de ustedes pues, ignorantes de su contexto cultural, no imaginábamos que, aunque incomprensible para nosotros desde muy diversos aspectos, su mundo es coherente y digno de considerarse como una sociedad totalmente civilizada y desarrollada.

SIEMPRE NOS HAN DOMINADO

Entró en escena un nuevo personaje.

—Todo eso está muy bien como discurso —intervino Nore—. Pero a mí no me vas a convencer con esa bagatela filosófica.

No tenía duda al respecto, este cucaracho tenía que llamarse Norberto, a quien le gustaba que lo llamáramos Nore. Su gesto estereotipado de hombre culto, la arrogancia que evidenciaba una inseguridad fundamental, su mirada vidriosa y saltarina que denotaba un nerviosismo encubierto, sus disertaciones esmeradas y con la consigna de acabar en jaque mate todas sus discusiones; lo cual hacía notar su astucia, lo mismo que su falta de capacidad reflexiva. No me podía equivocar, era Nore.

—Quisiera que me contestaras lo siguiente —ahora estaba a punto de desafiarme—. ¿Cómo explicas que a lo largo de toda su historia no hayan podido librarse de uno solo de nuestros ataques, tan nocivos para ustedes? —vaya que me hizo abrir la boca de asombro.

—¿Perdón? —pregunté desconcertado— No entiendo a qué te refieres Nore —ahora fue él quien abrió los ojos sumamente sorprendido porque pronuncié su nombre, aún sin suponerse que lo conociera—. ¿Cómo que ustedes nos han atacado continuamente? —aclaré mi pregunta— ¿Te refieres a que han estado invadiendo continuamente nuestros ambientes hogareños con tanta arrogancia? —dije para tratar de comprender bien a qué se refería. Ni bien terminé la pregunta cuando sonó una clara carcajada de mis escrutadores.

—Por favor —Nore imprimió naturalmente un tono de ironía en su voz—. No nos hagas reír —dijo, terminando de recomponer su voz después de su estentórea risa—. No, hombre, no; esos son turistas imprudentes que buscan experiencias extremas por diversión, son adictos a la adrenalina, ponen en peligro su vida intentando luego regresar y contar de la emoción de ser atacados y sobrevivir (aunque no todos lo logran). Claro que no se trata de eso —aclaró con la intención de retomar la seriedad requerida—. Ni siquiera llega a ser significativo en nuestra sociedad —caminó unos pasos delante de mí, como siempre, dándose gran importancia intentando convencernos de que dominaba el tema que ahora se disponía a tocar—. ¿No te has puesto a pensar en cuál es la razón de que ustedes vivan cada vez más alejados de la naturaleza, que cada vez una mayor parte de la población mundial se va aislando y amontonando en ambientes urbanos que los destruyen sin que se den cuenta y, cómo a pesar de esto, no hacen nada por vivir más naturalmente, lo cual les traería plenitud?

Escuchándolo, me daba cuenta de que tenía razón. Al mencionar nuestro comportamiento irracional en ese sentido, justificaba que nos calificaran como inferiores.

—No, no había pensado en eso —dije un poco atolondrado—. Quizá, lo podría atribuir a nuestro inmediatismo que nos hace olvidar lo que es fundamental y trascendente —terminé mi respuesta.

—Parece muy razonable lo que dices —admitió Nore—. Incluso me parece muy filosófico, y por qué no, también teológico, sin embargo, te va a sorprender lo inmediatista y pragmática que es la respuesta —nuevamente me dejó con la boca abierta, porque ahora me temía que iba a escuchar algo muy desagradable para mi humana sensibilidad ya bastante contrariada—. Pues bien —empezó diciendo—. ¿Recuerdas cuando usabas el cabello mínimamente largo? —asentí con la cabeza— ¿Recordarás también las innumerables veces que despertabas por la noche al sentir que alguno de nosotros parecía estar mordisqueando tu cabello? —una vez más asentí—. Pues, en realidad, no se trataba de un ataque culinario, sino que, siendo tan poco el margen que dejaba tu cabello, no nos era posible instalar una interfase destinada a convencerte de que la mejor forma de vida a la que podías aspirar era alejado de la naturaleza. Este dispositivo requiere que el cabello tenga al menos dos milímetros para instalarlo y que funcione correctamente. En el momento en que llegaste a ese límite de la longitud de tu cabello, nos fue muy difícil instalártelo, de modo que, muy continuamente, veíamos frustrados nuestros intentos. Cada vez que caías en la cuenta de ello era porque no había sido posible completar la operación, de esta manera, has ido escapando a nuestra sugestión. Si lo piensas bien, te darás cuenta de que la brevedad de tu cabello coincide con tu convicción cada vez más clara de que vivir en contacto con la naturaleza y alejado de las ciudades es la mejor forma de vivir.

Me sentía en un terreno pantanoso sin argumentos para rebatir a mi interlocutor.

—Pues bien —continuó Nore—. La gran mayoría de las personas buscan la manera de no perder su cabello, o al menos no se adaptan a usarlo demasiado corto, y para nosotros eso es muy conveniente, ya que es el medio más eficaz para inducir pensamientos y actitudes directamente en la corteza cerebral —esto ya era el colmo, sentía que aunque no tenía argumentos para rebatirlo, no iba a aceptar sin más esta humillación a la que sometían a nuestra especie—. Pero quizá te preguntes: ¿por qué nos interesa provocarles tal sugestión? —me dijo, mientras yo descubría en el rostro de los demás cucarachos una risita de burla ante mi desconcierto.

¡SOMOS SOLO GANADO!

—Permíteme decirte que la razón de este esfuerzo es porque los humanos que son sometidos a situaciones de estrés, es decir, a sentimientos de insatisfacción, frustración, desaliento, desánimo, depresión y odio por largos períodos de tiempo, ponen en acción una serie de procesos neurohormonales, neuronales y neurotróficos que generan una amplia gama de sustancias, entre ellas, las hormonas (especialmente el cortisol y la adrenalina) que van dejando esparcidas por todas partes a través de sus secreciones naturales, o que, cuando mueren, van a parar directamente a la tierra, donde las cosechamos.

Mientras escuchaba esto, sentía hundirme en una fosa hedionda que me generaba náuseas, quería salir de ahí y tomar un poco de aire fresco, pero vencí este impulso pensando que más valía terminar de comprenderlo, pues seguramente iba a ser de provecho para mí.

—Estas sustancias —casi me restregó sus palabras en la cara— no son fuentes nutricionales para nosotros —pensé por un instante que me daría una buena noticia, sin embargo, intuí que iba a escuchar algo peor todavía—. Para alimentarnos nos bastan sus cadáveres que nos prodigan generosamente en los cementerios, sin mencionar los desechos alimenticios que producen en cantidades industriales por toda la redondez de la tierra que, dicho sea de paso, son únicos en el arte de desperdiciar materias primas de todo tipo.

Era cierto, no podía ser peor la opinión que nos hemos ganado de no solo los cucarachos, sino de las demás especies de la naturaleza. Casi me sentía avergonzado ante aquel tribunal que, aunque no quería juzgarme, me hacía tomar conciencia de cosas que no había considerado antes.

—En realidad —continuó Nore—, la razón por la que nos interesan esas sustancias es porque se van acumulando, en su forma básica, en nuestras estructuras genéticas por el simple hecho de que entremos en contacto con ellas, y eso es precisamente lo que ha logrado que seamos una de las pocas especies resistentes a la radiación nuclear y que eventualmente nos salvará de extinguirnos en un futuro no muy lejano.

—Entonces —ahora pude articular palabras para preguntar—, ¿esa es la razón de que incluso entre nosotros se han ganado la fama de ser resistentes a la extinción, al menos por razón de una hecatombe nuclear?

—Así es, además de otros muchos motivos de extinción —agregó Nore—. Esto es algo que no nos interesa que conozcan los humanos, pero irremediablemente se ha filtrado por algún medio y precisamente por ese motivo es que hemos tomado la iniciativa de tener este encuentro contigo —concluyó Nore, que con un gesto reverente cedía la palabra a Don Jesús.

ATISBOS DE ESPERANZA

Don Jesús, limpiando sus anteojos dijo: —¿Por qué le pedimos a Lencho que te trajera? —interrogó retóricamente— Primero que nada, quisiéramos disculparnos a través de ti con todos los de tu especie pues, como acertadamente lo has afirmado, ni ustedes ni nosotros hemos alcanzado la armonía suficiente como para convivir pacíficamente con todos los seres de la naturaleza. Quisiéramos comprender suficientemente su civilización para buscar nuevos medios de convivencia entre nuestras especies. A decir verdad —continuó Don Jesús—, hasta ahora no estábamos seguros de si ustedes podían considerarse una especie avanzada —ahora hablaba como para sí mismo—. Y como lo dijiste anteriormente, solo después de este contacto podemos revisar adecuadamente nuestra posición ante ustedes —dijo mientras dirigía su mirada a los demás miembros del equipo escrutador—. Hemos tenido innumerables debates acerca de si valía la pena, y hasta ahora la mayoría afirmaba que era inútil ocuparse de ustedes.

Nuevamente escuchaba esa molesta afirmación, pero esta vez me daba cuenta de que el tema estaba tomando un rumbo muy diferente.

—Supongo que, a partir de ahora —suspiró, como viendo perdido algo muy valioso—, nuestra manera de verlos será muy distinta.

—Y díganmelo a mí —interrumpí con una pregunta ficticia para hacerles ver que sentía lo mismo respecto de ellos.

Era verdad que ahora ya no podía verlos de la misma manera, no porque ellos tuvieran el aspecto de personas cercanas a mí, sino porque aquello que lejanamente intuía sobre el valor igualitario de todos los seres vivos y de la naturaleza ahora podía convertirse en mí en una convicción cierta.

—¿Cómo creen que me siento respecto a ustedes? —me atreví a cuestionar, ya con una actitud de total apertura al diálogo interespeciático—. Me gustaría despejar una duda —empecé a formular la pregunta.

DIOS NOS HA HECHO SUPERIORES

—¿En qué basan su convicción de superioridad respecto de las demás especies? —en realidad esperaba una respuesta que ya conocía— Pues me permito decir —inicié una explicación de mi pregunta— que desde los inicios de nuestra civilización hemos recurrido a diversos discursos y reflexiones en todos los niveles del conocimiento y la experiencia con el fin de autoconvencernos de que somos los seres que estamos en la cúspide de la creación. Manejamos toda clase de afirmaciones, desde las más científicas o que se precian de serlo, hasta las más religiosas; de hecho, estas últimas son las que más fácilmente generan la ilusión de ser la especie más avanzada, al menos, en nuestro planeta. Solo unos contados individuos —dije tratando de aclarar suficientemente el punto— a lo largo de la historia han escapado a la tentación de recurrir a la revelación divina para afirmar nuestra superioridad como especie.

Recordé a Francisco de Asís, que consideraba a todos los seres de la creación como iguales en dignidad, incluyendo los seres inanimados. También a otros que, a lo largo de la historia, han sido juzgados de locos porque se atrevieron a proponer que todos los seres de la creación somos iguales. También vienen a mi mente todos aquellos que luchan contra las iniciativas anti-vida, pues han comprendido que este tesoro se encuentra en todos los seres de la creación, incluso en aquellos que consideramos inanimados. Esto porque todos y cada uno de los seres creados expresamos la misma corriente vital que fluye a lo largo y ancho del universo. Pero también es cierto que nos hemos aislado en nuestros límites conceptuales o especiáticos, o como los queramos llamar, a tal punto que hemos perdido la capacidad de olfatear el rastro de la vida, dondequiera que ella se encuentre.

—Parecería —empecé a proponer— que el tema de la superioridad de una especie sobre las otras es preocupación de individuos que no se han abierto al concierto de los seres creados, donde todos y cada uno van armonizando con los demás su particular manera de manifestar la vida que fluye en ellos —dije más como una reflexión para mí mismo—. Supongo que en algunos momentos del desenvolvimiento de la energía vital, la interacción de diferentes especies en el mismo tiempo y espacio provoca una aparente ventaja o desventaja entre ellas, lo que produce la fantasía de predominio o superioridad de alguna respecto de la otra —proseguí mi reflexión—. Sin embargo, lo único que ocurre en esos momentos, es que a alguna de ellas le ha tocado ser el elemento oblativo en la ecuación, mientras que al otro le corresponde ser el beneficiario en este intercambio o interacción del juego de la vida. Por último —dije para concluir—, me atrevería a decir que, en el fondo, todo este tema es la proyección de una soberbia colectiva de nuestras especies.

LA ARMONÍA "INTERESPECIÁTICA"

—Quizá ustedes tengan una experiencia similar a la nuestra —continué con otra interrogante.

Nore, levantando el volumen de su voz dijo:

—Pero ¿no te das cuenta de la barbaridad que estás diciendo? Es inconcebible que alguien ponga en tela de juicio que nosotros somos la especie elegida por Dios para dominar la tierra y someterla —me parecía familiar esa manera de hablar—. Nuestro libro sagrado lo dice claramente, fuimos creados cucarachos con el excelso fin de ser los Señores de este mundo. No en vano hemos recibido el privilegio del avatar cucarachil que nos convierte en linaje de Dios.

—Un momento, Nore —interrumpió Isidoro—. Permíteme recordarte que eso ya lo hemos discutido antes, y si en otro momento no podíamos alardear de algo así, menos después de escuchar a Alberto —Lolo me miraba y ahora podía percibir aceptación en su mirada. Lo que antes ni por asomo parecía posible—. Y que, en su momento y dicho sea de paso —sentenció Lolo con esas frases que tanto lo caracterizaban—, podemos ver que es una postura insostenible, muy poco consistente y, por lo tanto, ni siquiera deberíamos mencionarlo.

Nore rechinó los dientes de impotencia, pues al parecer se veía frustrado nuevamente su intento de reivindicar a su especie como los seres más perfectos de la creación.

—Lo que pasa —dijo Nore, mientras iba a tomar nuevamente su lugar— es que en este consejo no se ha tomado en serio la revelación divina y por eso hemos perdido terreno en el privilegio divino de dominar el mundo —con estas palabras cerró la boca sin esperar más participación.

—Creo que estabas diciendo algo interesante sobre una soberbia de las especies —retomó el tema Lolo—. ¿Cómo planteas el tema? —interrogó.

—No sé realmente —se trataba de una dubitación retórica de mi parte—. En nuestro mundo entendemos que hay una revelación divina e, igual que lo mencionaba Nore, afirmamos que Dios ha descendido a nuestra historia humana para darnos un puesto privilegiado en el mundo; esto lo concluimos desde el mismo acto creador de Dios —estaba haciendo teología—. Sin embargo, decía que algunos individuos han llegado a interpretar con una diáfana visión que ese privilegio no es más que una fantasía ilusoria que resulta de nuestra necesidad de autoafirmación, la cual brota a su vez de una actitud claramente inmadura.

¿Realmente estaban brotando estas palabras de mis labios? Ni siquiera sabía si lo había reflexionado antes o era el resultado de la influencia del IAPS que me habría provocado un estado alterado de conciencia, haciéndome posible ver con claridad las razones suficientes para un planteamiento como este.

—De modo que si lográramos superar dicha inmadurez, nos daríamos cuenta de que nos engañamos a nosotros mismos cuando afirmamos ser los dueños de la creación. Así, estos visionarios comprenden que Dios no nos pide dominar a nadie sobre la tierra, sino que nos invita a unirnos en un solo universo donde se pueda percibir el palpitar de la vida en toda su plenitud.

Al pronunciar estas palabras puedo experimentar la emoción que vivo al predicar. Del mismo modo, percibo haber establecido contacto con mi auditorio y siento que puedo hacerles ver cosas que antes no se habían planteado.

—De hecho —con esta muletilla retomaba el tema—, el avatar más claro para muchos de nosotros —estaba citando la participación anterior de Nore— es Cristo y, quizá si comprendiéramos bien su mensaje, entenderíamos que nos enseñó cómo dominar el mundo, pero no oprimiendo a los demás, sino sirviéndolos para hacer brotar vida en el universo mediante la entrega total de la propia existencia. Este no es el concepto de dominación que todos conocemos. Parecería que Cristo estuvo en el lado de la desventaja cuando entregó la vida por todos. Incluso muchos supusieron que al morir en la cruz había terminado aplastado como un cucaracho, esto lo digo con todo respeto —aclaré sin necesidad—. Pues en mi mundo es solo una forma de hablar. Sin embargo, con esa extrema oblación nos mostró cómo cada individuo y cada especie pueden relacionarse armoniosamente con los demás seres de la naturaleza.

¿Estaba soñando o alucinando?, ¿realmente esto tenía la coherencia de una reflexión sapiencial que brotaba de mí sin que me diera cuenta?

—En el ámbito individual —continué—, cada ser decide si entrega su vida en favor de otros o se encierra en su individualismo y muere, provocando signos de muerte en su entorno. De la misma manera, me parece que en el concierto de las especies, estas tendrían que decidir a qué lado de la ecuación desean pertenecer. En nuestro conflicto interespeciático —dije con gran decisión— supongo que triunfará o será superior la que sea capaz de más oblatividad —¿realmente estaba diciendo esto?—. Es decir, aquella que esté dispuesta a entregarse en favor de la otra para comunicarle vida. En el mismo sentido, la especie vencida sería la que se encierre en su propio mundo y busque conservarse viva para morir en realidad.

Un silencio casi contemplativo se apoderó del comité escrutador. Sus miradas estaban fijas en algún punto inexistente a excepción de la de Nore, que tamborileaba sus dedos en la boca en señal de total desaprobación.

—Sinceramente mi capacidad no da para discusiones como esta —rompió el silencio Lencho—. Pero me queda claro lo que dice Alberto y sé que podemos aceptarlo.

Era idéntica la actitud de esta versión cucarachil de Lencho a su correspondiente humana.

—Es decir, que no podemos arrogarnos ningún privilegio sobre las demás especies —continuó, mientras permanecía cómodamente sentado pero con su actitud atenta y de serena escucha—. Creo que es necesario abrirnos a la posibilidad —reflexionó con los ojos cerrados en actitud de sumirse en una profunda meditación— de que en realidad es demasiada pretensión de nuestra parte, y supongo que de cualquier especie, afirmar que algo o alguien nos ha constituido como la cúspide de los seres de la creación.

Volteé a mirar a Lencho que había dejado caer aquellas palabras en medio del consejo como un monolito que simplemente se puede contemplar. Aquel momento fue breve pero intenso y profundo.

—Sin embargo —intervino ahora Don Jesús, retomando su discurso interrumpido momentos antes—, todo esto es cierto y realmente valioso, pero debo decirte que es muy poco lo que podemos influir en nuestro mundo para cambiar nuestra postura ante ustedes —recordé que él había estado pidiendo disculpas por usarnos irrespetuosamente con el propósito de la supervivencia—. Debido a que somos apenas un pequeño grupo los inconformes que intentamos un cambio respecto de la especie humana, no es posible asegurarte que en adelante las cosas cambien, aun así, estoy seguro de que podremos comprender cada vez mejor el papel que tenemos en el cosmos y así lograremos ser la parte más oblativa de la ecuación.

Noté nuevamente ese gesto y señal casi imperceptibles que dirigía al equipo oculto del IAPS, por lo que me apresuré a decir:

—Imagínense la posición en la que me dejan a mí que voy a regresar con una historia como esta y que, de por sí, tengo lo necesario para ser considerado como un loco. Supongo que es muy poco o nada lo que puedo influir sobre la manera en que pensamos de ustedes en nuestro mundo, sin embargo, les prometo dos cosas: primero, que voy a seguir con el cabello corto de modo que continúe amando la naturaleza, y segundo, que no los volveré a percibir igual. Aunque me puedan provocar alguna repulsión, intentaré no aplastarlos solo porque sí.

GRACIAS A DIOS, SOLO UN SUEÑO (?)

Casi no pude pronunciar estas últimas palabras, pues nuevamente sentí cómo era arrancado de aquel ambiente cucarachil y reintegrado al mío, a mi habitación iluminada por los primeros rayos del sol. Sentía la urgencia de dar gracias a Dios; primero que nada por un día nuevo, y segundo, porque ahora me daba cuenta de que todo lo que había vivido en el mundo de los cucarachos no era más que un sueño (o debería decir: una pesadilla).

Podía sentirme feliz, pues ahora en mi cuarto todo lucía tan normal como siempre, mas aún no había rastros de cucarachos por ninguna parte, así que después de bañarme (¡brrr!, ¡qué frío!) —por cierto, no es mi costumbre... ¡ja, ja, ja!, es broma— me dirigí a la cocina para prepararme un café, pues esto sí lo acostumbro cada mañana, pero no sin antes tomar un vaso de agua.

—Tengo lo que necesitas, ¿cuánto quieres? —escuché una voz casi imperceptible que brotaba de debajo del fogón eléctrico.

—¡¿Quééé?! —respondí inmediatamente mientras luchaba en mi mente por rechazar la idea de cucarachos parlantes. No podía creerlo, escuchaba nuevamente la voz de Chilo en su versión cucarachil, como en el... sueño—. No, no es verdad —repetí para mis adentros... y también para mis afueras—. No hay un cucaracho debajo del fogón —enfaticé más mi afirmación—. Menos aún con el aspecto de aquel querido amigo.

Acto seguido, moví el fogón de su lugar y salió huyendo un cucaracho que lucía en su rostro un rictus de fastidio, casi rayano en desprecio u odio, el cual, sin pronunciar palabra, dio la media vuelta para perderse al doblar en una esquina cercana.

FIN

BASADO EN HECHOS DE LA VIDA REAL

www.ingramcontent.com/pod-product-compliance
Lightning Source LLC
LaVergne TN
LVHW041540060526
838200LV00037B/1074